Collection dirigée par Gilles Colleu

ISBN : 978-2-911412-92-9

11, route de Sainte-Anne
13640 La Roque-d'Anthéron

info@ventsdailleurs.com
www.ventsdailleurs.com

Tanella Boni

L'avenir a rendez-vous avec l'aube

Vents d'ailleurs

Terre d'espérance

I

L'aurore compta ses pas de nomade
jusqu'à la frontière
la brise matinale prit la relève
parmi les nouvelles du jour
les hommes et les femmes
tissèrent de leurs mains fraternelles
le pagne de l'alliance

c'était la vie ordinaire
entre routine et rupture
pendant ce temps
je cherchais les lettres
du mot juste

La terre d'espérance était bénie des dieux
les paroles nomades chantaient
le refrain de l'eau Amitié
la poète réveillée tôt ce matin-là
ne savait pour combien de temps
les offrandes de sa terre
nourriraient les ombres de nulle part

Les semailles furent bonnes
les récoltes miraculeuses
la poète vivait
sur une parcelle du jardin d'Eden
un souffle lui disait
tu n'es pas de ce monde
hirondelle aux ailes nues
tes plumes attendront longtemps
l'envol des vents du grand large
elles emprunteront les nervures
de l'aurore
pour se hisser au faîte du monde

II

Sur mon chemin
l'autre côté de la montagne nue
un chant plus fort plus sourd
une marche de nulle part
un rythme de char égrainant les morts
une autre musique ignorant le passé
un vent de rafales balayant l'avenir
craquement de l'aurore
césarienne imprévue
souffle du pays sous perfusion
génération exsangue
difficile naissance
du soleil au grand jour
nulle part le mot juste
la poète marie les yeux
du monde qui se meurt
avec l'eau vive qui sauve les cœurs

Nous rêvions étincelles étoiles lunes et soleils
éclairant nos vies du jour balayant nos voies à venir
un temps inédit tresse ses palmes étales
je ne sais comment te raconter cette histoire de sang
qui scelle nos vies à la porte du vent
comment te dire que l'aube à venir
a changé la couleur du jour immobile
que le temps lacère les cœurs éplorés
à la lumière des espèces sonnantes et trébuchantes
flambées en pleine nuit

III

Nos pas délurés réveillent
les ancêtres assoupis
à l'ombre de la peur
qui chemine au soleil levant

l'histoire sommeille encore
dans le lit du premier mot d'amour
qui viendra nous sauver du chaos ouvert
sous nos pas de sable mouvant
le premier mot d'amour bleu
que nous attendons les mains fébriles
le visage offert au vent au soleil
les yeux lourds de pluie

le jour a semé la parole de l'hyène
dans la ville la nuit
la parole de l'hyène qui terrorise à mots nus

Humains sommes-nous dites-vous
habitant la terre des fauves
par-delà fleuves et grottes
forêts et savanes
demain l'avenir a rendez-vous avec l'aube
et personne n'imagine les passeurs du voyage

Architectes de frontières intouchables
et traceurs de couleurs imprévues
ont ouvert les sentiers de la mort
leurs mots à mille sens
trempent l'âme du discours politique
dans la boîte à soupçons
qu'ils nomment
puits-à-sciences-nouvelles

qui croira encore
que l'esprit est droit et travailleur
que la raison instruite
pense et métamorphose
la vie en un îlot de bonheur

Et je regarde la prunelle
de vos yeux du jour
elle est voile et silence
rivée à la terre des origines
elle ne dit mot
de la trame de l'ombre arc-en-ciel

vous construisez le puzzle
de la cité modèle dites-vous
sur le sable inconnu des anciens
déjà tombe la nuit en plein jour
et votre sourire fait la différence
entre le clair de lune et le rayon de soleil

le ciel offensé file un mauvais coton
cette nuit tombent des cordes de haine
sur la toile Espérance

une perle d'argent plombe l'aile du temps

Souriez thésaurisez le temps qui vient
le vent a un sens le tourbillon aussi
souriez au temps trésor
qui garde la vie neuve
à l'abri de l'œil du cyclone
mais il y a plus fort que le vent
plus riche plus puissant

la mort attend
le tribut de chaque main criminelle
posée à gauche du cœur
noyant des valeurs de gauche
entre vos mots de miel
et votre glaive de sang

IV

Tous les matins
sonne l'heure des titres dans les rues
avant le premier chant du coq
l'heure ouvre le chemin à l'aube frémissante
alors les journaux s'habillent de bleu et de rouge
la foule s'abreuve à la source du venin
à la langue de bois
et les mots nus
coulent de veines fossoyeuses du jour
remontent vers les yeux perle à perle
forgent le regard du monde
en carrés rectangles cercles et triangles

Mais toute figure géométrique est un leurre
pour réveiller les papillons éphémères
voyageurs par-delà mythes
et principes indémontrables

Nous vivons parmi des messies à l'heure des messages
litanies anciennes et fleurets mouchetés
font la ronde des cases
cases closes au sourire frêle de misère
cases-choses posées parmi les objets à vendre
au marché inégal de nos peaux en détresse
notre histoire rêve d'effacer seuil de pauvreté
et parvis des éclopés
rêve de nous rendre plus heureux

Hors des chemins de notre gloire révolue
la rive du bonheur est encore loin
et demain endormi
n'aura pas assez de souffle
au seuil du pays des merveilles

la mer a perdu la couleur des grands jours
oublié le sens de la palette multicolore
qui bénit l'horizon entre sable et ciel
je ne sais plus compter les perles de pluie
lourdes immenses qui gravent les heures
sous le voile de l'aube éternelle

V

La distance ne sépare plus ciel et terre
elle marche à reculons parmi les humains
qui chantent l'oubli ignorant le pardon
le soleil prend un coup de vieux
quand les vivants ne se parlent plus

l'horizon se souvient-il encore du pays
où nous habitons

Quel craquement de gravier
ouvrira voie au pays habité
quelle poignée de main
entonnera l'hymne
de la fraternité hors toile de sang
l'air du jour assassine l'espace convivial
je l'imagine né sur un nuage arc-en-ciel
entre mer et soleil ouverts aux quatre vents

Je rêve mer poème sans frontière
je danse musique d'hôte dans ma peau
lieu premier de toute habitation
ici se tissent barbelés
entre mains pleines parmi âmes repues
je ne sais si nous habitons ensemble
au carrefour du partage

ici oublie l'alchimie des rêves
le sens du mélange essentiel

Regarde la palette de la terre ô toi qui pars
elle ne grave plus au sommet de la montagne
le nom de chaque pèlerin en partance
vers la dure vallée de la vie

ceux qui aiment casser la pierre
ont toujours rendez-vous à l'aube
au carrefour des sorciers aux mains de feu
car nul ne refonde
mille fois les mêmes principes
sans sacrifier le meilleur de son âme
aux mannes des intérêts
qui veillent la clé du vent

Et le vent se lève et le temps façonne
le tourbillon qui monte et monte
redescend les marches du temple de sable
comme si les douze travaux d'Hercule
naguère déclarés d'intérêt public
n'étaient qu'un conte somnifère pour le peuple
au soir d'une rude journée d'espoir

VI

Hier nous nagions tous ensemble
dans le fleuve de la grande Amitié
nous étions silure et tilapia drainant
l'eau salvatrice dans le lit des rivières
asséché par le temps

après le passage du tonnerre
brûlés nos rêves d'eau

et l'arbre des liens sépare ses branches
en mille morceaux

Regarde nos liens
qui tombent en lambeaux
et le peuple en miettes
ne reconnaît plus ses marques
au moment de l'envol des tisserins
vers le ciel des nouvelles cimes

un jour ils avaient ri tous ensemble
oiseaux migrateurs à l'escale
près de la source aux mille plumages
mais le temps a mal touillé ses trésors
chacun nomma les siens
par l'appellation contrôlée dans sa langue
chacun prit racine
sur le sol ferme de sa peau

Un autre jour les mots répandus en poussières
s'étaient trompés de carrière
ils échouèrent sur la place publique
au creux d'une langue unique
poudrière aux mille accents
prêts à exploser au moindre mot enflammé

VII

Alors les oiseaux migrateurs
se transformèrent en humains sédentaires
aujourd'hui se regardent-ils
machettes en joue
mitraillettes au poing
gourdins à l'épaule gauche
qui prennent en otage
les cœurs à conquérir

Mais je te dois toute l'histoire
depuis la première syllabe de l'aube
jusqu'au milieu de la spirale de violence
qui nous fait signe

l'histoire avait entamé sa course folle
comme un jeu d'enfant
les bons et les méchants allaient à l'école ensemble
jouaient à cache-cache à la marelle
se passaient les mots et les armes des forts
dans la basse-cour de la paix
où le rire était interdit

Puis il y eut des crocs-en-jambe
des complots ourdis à l'ombre
des plans sorciers inconnus du soleil
qui livrèrent leurs secrets
au seuil hospitalier du Palais
où l'Enchanteur en grande livrée ordonnait
et les choses entraient en transe

Les humains suivaient la voix de Dieu sur Terre
ils ne se trompaient jamais de sentiers
ils s'habillaient de vertu
et adoraient les billets de banque
dont ils humaient le parfum à la trace

VIII

Oui ce pays nommé miracle
ignorait le sang versé
inoculait sous la peau du vent
la lumière de la paix

coups de canon intempestifs
et toute velléité de résistance
brisée dans l'œuf
avec le spectre d'un rayon de lune

fleurissaient prisons et barbelés
à l'ombre de contreforts
et de grands arbres

Alors les traces des rayons correcteurs
s'imprimèrent dans les mémoires

au fil des jours et des soleils
la voix rauque de l'Enchanteur
recolla les morceaux de lune posés en couronne
sur la tête des enfants sages et des enfants terribles

IX

Il y eut des discours et des fleuves
à traverser à la nage
il y eut des épreuves inconnues des ancêtres
mais les ancêtres ne parlaient plus
les voix anciennes inhumées loin de la ville
ne voyaient plus qu'ombres lointaines
silhouettes flottantes sur routes calcinées
le pouvoir vaquait à ses propres occupations
triait les grains du peuple par le nom
nourrissait les fidèles de la cour

les humains privés de mythes raccordaient
des mots meurtriers architectes de néant

La surprise en plein jour
s'écarta des chemins du secret
les paroles divines nourrissaient
les sans domicile fixe
passaient du baume au cœur
des illusions perdues

c'était Noël en fin de siècle
la surprise posa ses ailes
sous les fenêtres
dans les rues de la ville
devant les cases
en rase campagne
la surprise imita le visage émacié
d'enfants terribles jouant à la mitraillette
habillés de vert-de-gris

une pluie de balles inonda le pays
balaya le Palais qui tomba à la renverse

Le marché explosa sa joie longtemps contenue
et la joie surprise déborda
du vase de la peur sans issue depuis l'éternité

Noël naissait parmi la foule
qui donnait son corps en partage
pour saluer le temps marchant enfin
en spirales fécondes d'espérance

la foule écrivit sous le soleil de midi
les rêves du rendez-vous de l'avenir avec l'aube

X

Dis-moi comment ensemencer
les rêves les plus fous
quand les *corps habillés*
s'allient aux forces des ténèbres
pour briser les ailes du vent

dis-moi que le soleil était trop beau
pour un Noël comme tous les autres

le siècle ne finissait pas encore
et l'avenir ne respirait plus

La prière du jour donne en offrande
la sinistre litanie qui rappelle le voile du complot
comme si l'Afrique ne pouvait imaginer
un bouc émissaire plus puissant
qui prenne en otage l'imagerie populaire

aujourd'hui reste bas le ciel
et le mot prête à rire
qui de syllabes neuves endosse la couleur
à chaque saison

Hier c’était un *chat noir*
aujourd’hui un *cheval blanc*
puis une *Mercedes noire*
car le Mal inaugure la première pierre
de son royaume souterrain
entre le blanc et le noir
seul le sol de la chasse à l’homme
emprunte l’encens du tapis rouge

Pourtant nous avions chanté en chœur
l'espérance artiste aux mains arc-en-ciel

quand monte la fièvre de la chasse à l'homme
le passé a la vue courte
et l'avenir rêve à l'épreuve du crépuscule

Les esprits chagrins s'envolent
en essaims d'abeilles
habillées de lettres et chiffres éclopés
froissés meurtris ou entiers

ici égrène-t-on années de prison
là tortures morales endurées
entre les murs de la clandestinité
aujourd'hui toutes lettres de noblesse
réunies au grand jour
on laboure un jardin d'Eden
à planter fleur à fleur
sur un terreau neuf couleur de sang

XI

Il y a des têtes pleines
sommeillant dans les allées du pouvoir
où trouver le sens de l'histoire
qui trace le cercle
autour du même ombilic
comme si personne d'autre
hormis les locataires du Palais
n'était né à l'ombre du soleil

Ils contaient l'histoire du peuple
innocent en toute chose
qui se laisserait porter dès l'aube
sur les palmes de l'espérance

ici s'érige en droit la paresse
accrochés des hamacs au bureau
dans l'antichambre du repos
là où jadis le travail édictait la Loi

Dans quels bas-fonds
sommes-nous donc tombés
quels enfers à traverser de l'aube à midi
dans quelles poubelles abandonnées
les valeurs
naguère déclarées d'intérêt public

Les nouveaux messies connectés
en réseaux dalmatiens
rongent sans art
la toile du monde au grand jour
leurs armes la parole vide et blanche
qui découpe en menus morceaux
la culture millénaire dont les pierres
broyées en miettes ignées
brûlent les liens qui tissent la vie en relief

Mon Dieu délivrez-nous des hyènes
des têtes fauves des casseurs de rêves
car l'éducation n'est pas un piège
inventé sur le chemin des pèlerins
qui brisent les fondations
maintenant je sais qu'elle tresse
la grandeur d'âme et l'auréole de la sincérité
le lien fondateur qui nous rassemble
autour de la source Amitié

Comment te dire que le jour
tombe
en poussières de larmes pluies
car manque à l'appel
sur les cimes du pouvoir
le mot-clé accordéon

demain l'avenir a rendez-vous avec l'aube
et je ne sais quel enfant terrible
étonné par la clarté de l'aurore
jettera la première pierre
dans le ravin qui cerne le pouvoir

La vie assassinée

Né à la lisière des nuages
les gouttes de pluie
t'avaient tressé des lianes en berceau
les djinns t'avaient accompagné
au royaume des arbres
et parmi le vert des feuilles
tu avais entendu

il apportera le silence
au village des hommes

La mère accueillit l'enfant
comme un hôte de marque
l'enfant reçut en héritage
trois gouttes de citron
sous la langue
lumière du chemin de la voix

n'oublie pas de garder les portes du silence
car tes paroles ne tombent pas du ciel
elles sont grains de sable
saveur de piment fleuve et sel

L'aurore aux mains de peintre
dilua sa palette miraculeuse
illumina la porte des nuages
tu avais ouvert les yeux
près des merveilles de la nature
ta peau apprenait les dures lois
de la vie des humains

Les contes de la vie
n'étaient ni beaux ni heureux
chemins de labeur
voies de courage odeur de ténacité
les contes de la vie passagère
ajoutèrent
des jours aux heures des jours
bâtirent ta peau parmi les rayons de soleil
à la lumière de mains neuves

II

Des lunes en perles multicolores
à compter
le temps habita la prunelle de tes yeux
tu inventas l'étincelle le clair-obscur
de la vie ordinaire
tu voyageais par la lune et le soleil
tu t'habillais à l'épreuve du temps
le soleil t'accompagna
au pays du jeune homme
dans la peau duquel
tu bâtissais ta demeure

Des rêves en partance
vers les rives de l'espérance
un conte d'enfant enroulé
dans la main droite
sur des feuilles de papyrus
qui souriaient aux vents de l'aurore
l'aube tardait à lever le cap
sur le chemin du jour
toi jeune homme tu traçais
les rythmes de ta vie
pour demain
pour toute l'éternité

ton sang et tes veines
battaient tam-tam
à la porte de ton cœur
qui enflammait ton corps

Les yeux ouverts
aux confins de la précarité du temps
sur le sol des souffrances
sur le trottoir des affamés
et le bitume des rues misère
maintenant sauvé des eaux de la ville
tu souriais à tout vent
quand déroulait la parole
les syllabes du monde

Ta tête voguait sur la mer musique
naviguait parmi les flots
et les rythmes de demain
les lignes de ta main gauche
voilaient les secrets du départ
à déchiffrer à lire
de l'aurore au crépuscule

tes rêves peuplés de nuits à venir
ignoraient le sens du labyrinthe
savais-tu
quelle forêt tu traverserais
quel pan de montagne tu gravirais
jusqu'au seuil du départ

III

Jeune homme des mers et des sables
perdu dans les nuages de la vie
marchant les yeux ouverts malgré le soleil
dans l'ombre éternelle
le choix a perdu les traces de tes pas
dérobé la clé du temps

les lignes de ta main gauche
dessinent
avec le sang de la peur
la brièveté de ta vie

Et les signes de la rupture à venir
marchent sur le tracé de tes lèvres
tes éclats de rire illuminent l'amitié
l'ombre de ton âme
teinte la clarté de la lumière
balance la résistance du ciel
un coffre-fort au coin du cœur
ouvre les portes qui thésaurisent
paroles de bonheur
et le jour égrène tes dires
comme ancêtre à l'ombre d'un ficus
au passant égaré dans les ruelles de la ville

IV

Poète à tes heures
étranger à ceux de ton âge
avec lesquels tu partages
les rues de la survie
tu crées des jeux inédits
que tu dessines au creux de la boue du temps
alors tu pêches des roses de sable
à polir de tes mains d'ouvrier
à ouvrir comme huîtres vivantes
à porter au faîte du soleil
à laver perles rares à l'eau Amitié

Près de la porte de ceux qui savent tout
tu promènes ton esprit dit teigneux
ceux qui savent tout
miment la peau de Dieu sur Terre
vivent à hauteur de montagne
d'argent d'affaires de pouvoirs immédiats
ignorent l'épreuve de la rencontre
entre le fil et l'aiguille à tisser les rêves
jeune homme laissé-pour-compte
tu chantes l'espérance à mots nus
iconoclaste inconnu
dans les jardins des monuments neufs
veillés nuit et jour à l'ombre de mitraillettes

Il n'y a pas d'amis sur cette Terre
mais tu distribues des rayons de soleil
à tous les coins de rue
pendant que le monde habille ses cloisons
de mots neufs
et tu ne le sais pas encore
toi qui dès l'aurore offres ton sourire
au soleil
qui te disait ce midi-là
que tu avais tort

V

Midi rythmait ses heures
et la ville reprenait le sens de la vie
tapi à l'ombre de la peur
depuis des lunes et des soleils
tu avais passé l'épreuve de l'altérité
par le glaive des mots jetés comme opprobre
sur le scandale de ton front

maintenant tu sais que tu portes un nom
pas comme les autres
un nom à expier comme péché originel
d'une région tout entière

jeune homme singulier
taillé d'une pierre commune
tu n'as plus de parole plus de chemin
tu es un tiers tu es lui-là

En plein jour un homme en uniforme
te donna un coup de gourdin
en partage
te fendit la tempe comme fruit mûr
tu tombas à la renverse
il te dépouilla des pièces de monnaie
fruits du labeur de tes heures de tes nuits
et ta carte d'identité déchiquetée
comme offerte
en pâture au chemin des mites

Âme généreuse guide inespéré
citoyen ordinaire accomplissant son devoir
de sauvegarde de la paix
un guide inconnu avait ouvert le chemin de ta maison
aux hommes-hyènes
qui disparurent entre deux caniveaux

tu n'étais pas encore un homme mort
sous le soleil des saisons éphémères
tu avais emprunté le sentier le plus court
et ta vie s'arrêta au seuil de la marche du départ

VI

Tu respiras l'air du pays qui t'avait donné
le premier matin du monde
le premier mot citronné sous la langue
la première pluie la dureté des rues

tu ne goûtais plus la fraîcheur de l'air
les senteurs du vent t'apportaient
des effluves de maisons calcinées
et les flammes te coulaient
comme eau de roche sur la peau

Car une roue en flammes
est caveau idéal
aux yeux de ceux qui font la loi
par les armes
en temps de paix

et ordre est reçu de pacifier le pays
et la paix des rues emprunte la voie
de la paix lithique des cimetières
ô temps suspends ton vol
dans l'intervalle entre le temps et l'éternité

les flammes guident les hommes authentiques
dans l'accomplissement du geste sacré
de purification de la terre

VII

Une bonne âme gardienne du territoire
avait conduit l'uniforme-hyène
vers le quartier des hommes étranges
dit-on
des femmes qui multiplient la vie
à vue d'œil dit-on
des enfants qui traînent dans les rues
le quartier des sous-hommes dit-on
venus d'ailleurs venus de loin
installés comme des mites
près des poubelles et des caniveaux

VIII

Le père rappelé à l'ordre
blessé au flanc par une arme à feu
le père roué de coups
de mots ignés le père roué le père bastonné
le père déchiré de toutes parts
le père entendit entre deux fleuves de colère
la voix uniforme en concert avec la voix civile
pendant qu'il veillait le fil ténu de la vie du fils

le père thésaurisant les miettes de sa vie paupières closes
entre rigoles de la mort et rivières de la vie
le père capta le murmure de l'homme-hyène
à l'autre homme le père entendit
à achever à l'arme blanche près de la poubelle
loin de mes yeux
dit la voix d'hyène en sourdine

Le père déjà mort dans sa peau d'homme
morte la dignité d'homme foulée au pied
par les veilleurs de la paix assassinée en plein jour
à l'ombre de la haine par les veilleurs de la paix
la paix calcinée qui flotte dans l'air du temps

le père mort
mille fois mort

IX

Mais la loque humaine ressuscita
rhizome ou vermine à ras de terre
résistante à toute épreuve
la loque humaine se multiplia
porta la flamme du courage
parmi les visages souvenirs
les visages du mémorial
de l'innommable

les visages
qui ne respiraient plus

X

Comment imaginer le mot juste
quand l'ordre assassine la vie naissante
quand la matraque écrase
la dignité humaine
détruit la *Liberté guidant le peuple*

sur le chemin menant de Scio à Guernica
il y a le Rwanda nouveau monstre
qui se multiplie à l'envi
il y a la Côte d'Ivoire embrasée
à mots armés

Comment dire la beauté du monde
quand l'espérance de vie
s'effrite comme mille-feuille

quand la mort n'a plus d'odeur
qui se métamorphose en terreau fertile
où fleurit le pouvoir

De la même auteure

Poésie

Labyrinthe, Le Mée-sur-Seine et Lomé, Éditions Akpagnon, 1984
Grains de sable, Limoges, Le bruit des autres, 1993
Il n'y a pas de parole heureuse, Limoges, Le bruit des autres, 1997
Chaque jour l'espérance, Paris, L'Harmattan, 2002
Ma peau est fenêtre d'avenir, La Rochelle, Larochellivre-La Rumeur des âges, 2004
Gorée île baobab, Limoges-Trois-Rivières, Le bruit des autres-Écrits des Forges, 2004
Jusqu'au souvenir de ton visage, Paris, Alfabarre, 2010

Roman

Une vie de crabe, Dakar, NEAS, 1990
Les Baigneurs du lac Rose, Abidjan, NEI 1995. 2e édition Paris, Le Serpent à Plumes, collection « Motifs », 2002
Matins de couvre-feu, Paris, Le Serpent à Plumes, 2005 ; (LiBeratur Förderpreis et prix Ahmadou-Kourouma 2005)
Les Nègres n'iront jamais au paradis, Paris, Le Serpent à Plumes, 2006 ; (traduction en espagnol, Barcelone, El Cobre, 2010)

Jeunesse

De l'autre côté du soleil (deux récits), NEAS-EDICEF, 1991
La Fugue d'Ozone, NEAS-EDICEF, 1992
L'Atelier des génies, Paris, Acoria, 2002
Miriam Makeba, une voix pour la liberté (biographie, jeunesse), Paris, À dos d'âne, 2009
Le rêve du dromadaire (poésie), illustré par Muriel Diallo, Cotonou, Ruisseaux d'Afrique, 2009

Essai

Que vivent les femmes d'Afrique ? (essai), Paris, Panama, 2008 ; nouvelle édition Karthala, 2011
La diversité du monde. Réflexions sur l'écriture et les questions de notre temps, Paris, L'Harmattan, 2010

Ouvrages collectifs

« Peau de sel » (nouvelle) dans *Les chaînes de l'esclavage*, Paris, Florent Massot, 1998
« Le paradis est toujours ailleurs » (nouvelle) dans *Nouvelles voix d'Afrique*, Paris, Hoëbeke, 2002
« Ici, il n'y a pas le feu » (nouvelle) dans *Dernières nouvelles de la Françafrique*, La Roque d'Anthéron, Vents d'ailleurs, 2003
« Le petit chien de Madame l'œil » (nouvelle) dans *Dernières nouvelles du colonialisme*, La Roque d'Anthéron, Vents d'ailleurs, 2006
« L'étrangère » (nouvelle) dans *Ancrage africain*, Alger, éditions APIC, 2009.
« Des jeunes en quête d'avenir » (essai) dans *50 ans après, quelle indépendance pour l'Afrique*, sous la direction de Makhily Gassama, Paris, Philippe Rey, 2010

Poèmes mis en musique et chantés

Par Bernard Ascal 2002, 2006, 2010.
Par Gérard Pitiot 2006, 2010.

Réalisation
ici & ailleurs

Achevé d'imprimer
sur les presses de Présence graphique à Monts (37)
Dépôt légal : septembre 2011
Imprimé en France